给艾尔莎与玛芮娜
——即使说故事的时光已经过去很久……
西尔维·尼曼

图书在版编目（CIP）数据

星期三书店 ／（瑞士）尼曼，（法）塔莱克著 ；李旻
谕译.—北京 ：北京联合出版公司，2012.4（2022.12重印）
ISBN 978-7-5502-0564-2

Ⅰ．①星… Ⅱ．①尼… ②塔… ③李… Ⅲ．①儿童文
学－图画故事－瑞士－现代②儿童文学－图画故事－法国
－现代 Ⅳ．①I522.85②I565.85

中国版本图书馆CIP数据核字(2012)第027780号

北京市版权局著作权合同登记　图字：01-2012-2065

Mercredi à la librairie
Sylvie Neeman & Olivier Tallec © 2007 Éditions Sarbacane
Simplified Chinese translation copyright © 2012 by Beijing United Publishing Co., Ltd.
All rights reserved.
本译稿由联经出版事业公司授权使用

星期三书店
（启发精选世界优秀畅销绘本）

文：（瑞士）西尔维·尼曼
图：（法）奥利维耶·塔莱克
选题策划：北京启发世纪图书有限责任公司
编辑顾问：陈蕙慧
译文顾问：王　林
责任编辑：李　征　　特约编辑：柳　漾

北京联合出版公司出版
（北京市西城区德外大街83号楼9层　　100088）
北京盛通印刷股份有限公司印刷　　新华书店经销
字数1.2千字　　635毫米×965毫米　　1/8　　印张4
2012年4月第1版　　2022年12月第11次印刷
ISBN 978-7-5502-0564-2
定价：45.80元

星期三书店

文：〔瑞士〕西尔维·尼曼
图：〔法〕奥利维耶·塔莱克
翻 译：李旻谕

北京联合出版公司

我猜想，他只有星期三会来。
每个星期三，我都能看到他。

我们看的是不同类型的书。
我呢，看的大多是漫画，并且看得很快，
往往不到一小时，我就看完了。

他看得比较慢，不过，他的书也比较厚。
我看到了书名，是一本关于战争的历史书。
那场战争一定历时很久，或许，每一页叙述着每一天的战况。
我不知道。

我也不懂为什么他要看这本书。
这对他有什么好处呢？

我看漫画时，经常哈哈大笑，至少会面露微笑。
而他，有时候会从口袋里拿出手帕擦拭双颊。
有一天，他发现我注意到他在流泪。
他耸了耸肩膀，说："老人的眼睛容易流眼泪。"
我觉得这不是最主要的原因。

今天，我来得比较晚，他已经准备离开。

他的每一个动作都相当缓慢，即使是擦拭眼角的泪水。

他穿上大衣、围起围巾，将书放回书架上原来的位置。

临走前，他对书店小姐说："但愿你们不会卖掉它！"

隔周星期三，我待到比较晚。

我看了两本漫画，甚至看起小说来。

老先生没来。

我担心他生病了，我不敢问。

那本书仍在书架上，我翻开——

书里没有图画，只有几幅素描和地图。

可它蛮重的，我想或许是因为这样，老先生才没来。

这本书，太重了。

他回来了！

一如既往地坐在那张沙发上。

我又待到比较晚。

他离开之后又返回来，只是为了说再见，还有：

"我希望您不会太快卖了它……"

我思索着——如果他这么喜欢这本书，为什么不买下它？

圣诞假期将至，书店小姐在橱窗上挂满了圣诞吊饰，
在柜台上摆了一些圣诞饰品，
还在老先生常常坐的沙发前，那张矮桌子上放了糖果。
我也可以拿来吃。

要打开糖果包装纸，他得花不少时间。

再过三天，就是圣诞节了！
但是，外面还没有下雪。
老先生走进书店，脱下了帽子、大衣和围巾。
他盯着书架，找不到那本书。
他想，或许是位置放错了，
或者是因为他年迈的双眼……

我倾身向前，也看着书架，说道："那本书不在这儿了。"

他转头望着我，说："这迟早会发生的。
不过，我还没看到一半呢。谁知道我还有没有时间……"
我说："您应该试着看看漫画书。
很有趣，而且很快就能看完。"

书店小姐向我们走过来，问道：
"您是在找那本关于马恩河战役的书吗？"
"是的，小姐。"
"那本书已经卖掉了，就在今天早上。是当做圣诞节礼物的。"
"啊！是呀，圣诞节要到了。"

圣诞节，我一听到这个词，脑袋里总有满满的星星闪耀。
书卖掉的消息像是让他卸下了背上的那只大袋子一样。
可是，袋子里究竟装了什么呢？

老先生再次戴上帽子，穿上大衣。

"那就再见了，小姐，祝您圣诞节快乐……"

书店小姐递给老先生一个包裹，上面包着金黄色的纸，还系着红丝带。

"祝您圣诞快乐……"她说，

"请您偶尔还是回来看看我们……"

老先生露出了笑容。

我想，我们都笑了。

接着，他走了出去，紧拥着那个包裹。

这本书，毕竟没那么沉重。